AF227299

DU BOYS DE RIOCOUR.

NANCY,

Lucien WIENER, ÉDITEUR, RUE DES DOMINICAINS, 53.

—

1865.

DÉCLARATION DE GENTILLESSE

ET

PERMISSION

DE SE

QUALIFFIER CHEVALIER

POUR

ANTOINE FRANÇOIS,
Baron Du Bois de Riocour.

EXTRAIT

DES RÉGISTRES DU GREFFE DE LA CHAMBRE DES COMPTES DE LORRAINE

Du onze février mil sept cent soixante trois.

VU PAR LA CHAMBRE la requète à elle présentée par M. Antoine-François Baron Du Bois de Riocour, Seigneur de Damblain, et autres Lieux, Conseiller d'Etat et premier Président de la Chambre, expositive qu'il a obtenu de Sa Majesté, le douze janvier dernier, arrêt, sur la réprésentation des pièces par lui faites, et en conséquence dudit arrêt Lettres-patentes le vingt quatre du même mois, par lesquelles l'Exposant est reconnu et déclaré Gentilhomme d'ancienne extraction, suivant qu'il est énoncé auxdits arrêt et Lettres-patentes ; Il est aussi maintenu au titre et qualité de Chevalier, et Sa Majesté a eu la bonté d'ériger en sa faveur la ci-devant Baronie de Damblain en Comté, sous le nom de Riocour ; et comme il importe à l'exposant de faire entériner et enrégistrer lesdits arrêts et Lettres-patentes, il a l'honneur de se pourvoir ; Et a conclue à ce qu'il plut à la Chambre, vû les pièces jointes, ordonner que les Lettres-patentes du vingt quatre du présent mois seront entérinées et icelles enrégistrées, ensemble l'arrêt du douze dudit mois, pour être exécutés suivant leur forme et teneur, y avoir recours le cas échéant et jouir par l'Exposant ses Enfans nés et à naître et leur postérité du bénéfice des mêmes arrêt et Lettres-patentes, permettre au même Exposant de tirer *trois* copies duëment collationnées par le Greffier en chef de la Chambre des pièces par lui produites et sur lesquelles les arrêt et lettres dont il s'agit sont intervenûs ; laditte requête signée Verdet Procureur. L'ordonnance de la Chambre au bas en datte du vingt huit dudit mois janvier dernier, portant soit montré au Procureur général, ses conclusions ensuite ; Vû pareillement l'arrêt rendu au Conseil d'état le douze et les patentes expédiées en conséquence le vingt quatre janvier dernier dont il s'agit et autres pièces jointes en bonne forme, notament le contrat de mariage de l'Exposant avec Madeleine-Jeanne-Claire Morel du trente vn may 1756. Son extrait baptistaire du quatorze avril 1724, qui prouve qu'il est fils de Nicolas-Joseph Baron Du Bois de Riocour, vne lettre du Duc François au sujet de la remise des Duchez de Lorraine et de Bar, du trois avril 1737, les patentes de Baron pour Nicolas-Joseph, du dix-huit aout 1736. Différentes commissions et patentes de plusieurs charges du même, son contrat de mariage avec Anne d'Hoffelize du vingt neuf avril 1720 : qui prouve que ce Nicolas-Joseph est fils d'Antoine Du Bois, l'érection de la terre de Damblain, en Baronie en faveur d'Antoine Du Bois, du vingt neuf avril 1720 : l'enrégistrement des armes des Du Bois et de leurs alliances en l'armorial général de France, du vingt huit avril 1697 : différentes patentes de charges et offices de ce même Antoine qui prouvent qu'il étoit fils de Nicolas Du Bois, son contrat de mariage avec Anne de Turmeau de des Monteaux du trente décembre 1687 : qui prouve qu'Antoine étoit fils de Nicolas et de Anne-Marie de Lestre ; le Jugement souverain de noblesse pour la maison de Lestre de Riocour du treize juillet 1667. Le contrat de mariage de Marie Du Bois fille d'Antoine avec Théodore des Pilliers du onze décembre 1641. Plusieurs patentes de charges et commissions dont fut honnoré ledit Nicolas, notament ses pleins pouvoirs pour aller en Espagne négocier la liberté de Charles IV, du quinze avril 1655 : vn acte de notoriété au sujet de l'incendie des titres de Lamothe, pendant le siége, du trois octobre 1668 : vn extrait tiré du Trésor des Chartres portant reconnoissance de Noblesse pour Antoine Du Bois Lieutenant général au Bailliage de Bassigny du dix septembre 1622. Vn brevet de conseiller d'état, pour Antoine Du Bois Lieutenant général à Lamothe du sept aout 1616. La grosse du contrat de mariage d'Antoine Du Bois et Nicole Colin d'Haingeville du vingt six octobre 1596. La grosse du testament de Margué-

rite de Boury veuve de Charles Du Bois du quinze avril 1578 :
vne grosse contenant les articles de mariage entre Noble Chevalier messire Guillaume Du Bois et Demoiselle Odelle Hennequin du quinze may 1527 : vne transaction entre Jacques Du
Bois fils de Pierre et Guillaume Du Bois son Neveu en original
du trois mars 1520 : La grosse en parchemin d'un arrêt du Parlement de Dôle, sous Philippe de Bourgogne, en faveur de Pierre
Du Bois, Ecuïer, du vingt mai 1451 : Et après avoir ouy sur ce
M. Malcuit, Conseiller en son raport, tout vû et considéré.

La Chambre faisant droit sur les conclusions de la requête, a
entériné et entérine les Lettres-patentes du vingt quatre janvier
dernier dont il s'agit, ordonne qu'elles seront enrégistrées en
ses greffes, ensemble l'arrêt du Conseil d'état du douze du même
mois, pour être suivis et exécutés selon leur forme et teneur et
y avoir recours le cas échéant, et jouir par l'Impétrant, ses Enfans nés et à naître en légitimes mariages et leur postérité du
bénéfice des mêmes arrêt et Lettres-patentes ; permet au même
impétrant de tirer copies duëment collationnées par le Greffier
en chef des pièces par lui produites et sur lesquelles les mêmes
arrêt et patentes sont intervenûs. Fait en la Chambre du Conseil,
à Nancy, l'onze février mil sept cent soixante-trois. Signés
à la minutte Anthoine et Malcuit.

Suit la teneur des Patentes.

STANISLAS, par la grâce de Dieu, Roi de Pologne, Grand Duc de
Lithuanie, Russie, Prusse, Masovie, Samogitie, Kiovie, Volhinie,
Podolie, Podlachie, Livonie, Smolensko, Sévérie, Czernichovie,
Duc de Lorraine et de Bar, Marquis de Pont-à-Mousson et de
Nommeny, Comte de Vaudémont, de Blâmont, de Saarwerden
et de Salm ; à tous présents et avenirs salut. Etant de la gran-
deur et de la justice des souverains de départir leurs grâces
égales au mérite de leurs sujets, qui par de véritables affec-
tions se sont attachés à leur service et à celui du public ; aux-
quelles d'ailleurs l'ancienneté de leur naissance a desja donné
des avantages au-dessus du commun. En suivant cet exemple
nous avons écouté favorablement le très-humble exposé qui
nous a été fait par notre cher et féal conseiller d'état et premier
Président en notre Chambre des Comptes de Lorraine, le sieur
Antoine François Baron Du Bois de Riocour, contenant qu'il des-

cend d'une ancienne famille Noble de France qui dés l'an mil
quatre cent cinquante vn jouissoit dans le Duché de Bourgogne
de l'état de noblesse, ainsi qu'il en conste par vn arrêt du Parlement de Dôle rendu le vingt mai de la même année en faveur
de Pierre Du Bois qualiffié d'Ecuïer, à cause des Enfans pro-
créés de son mariage avec Jehannette de Laviron de l'une des
plus illustres familles du Pays ; Que Nicolas Dubois l'un des
descendans dudit Pierre s'étant attaché au service du Duc
Charles III de Lorraine et ayant fixé sa résidence dans la Province de Bassigny Barrois, sa postérité y a été reconnuë et y a
joui des prérogatives de sa condition ; qu'elle a rempli depuis
plus de deux siècles les charges et offices les plus importans,
tant de l'état militaire que de Magistrature, dans lesquels ses
ayeux ont rendûs des services si essentiels à l'Etat, que pour les
récompenser, le Duc Léopold l'un de nos prédécesseurs créa et
érigea par lettres patentes du vingt neuf avril mil sept cent
vingt la terre et Seigneurie de Damblain et autres y jointes,
dans le même continent, en titre de Baronie, sous la dénomina-
tion de Riocour, en faveur du sieur Antoine Du Bois de Riocour son Conseiller d'Etat et Maître des requêtes ordinaire de
son hôtel, ayeul de l'Exposant, et que par autres lettres patentes
du dix huit aout mil sept cent trente six le Duc François alors
régnant et à présent Empereur décora et illustra le sieur Nicolas-Joseph Du Bois de Riocour qui étoit aussi son Conseiller
d'Etat et Maître des Requêtes, père du Suppliant, des nom, titre
et qualité personnels de Baron, pour en jouir par lui et sa postérité, indépendament de l'érection de la Terre de Damblain en
Baronie de Riocour, de laquelle néanmoins les parties de do-
maines qui y avoient été vnies par son érection y furent depuis
réunies en vertu de l'Edit de réunion de mil sept cent vingt
neuf, à la réserve de la haute justice dudit Damblain dans la
jouissance de laquelle le pere de l'Exposant fut rétabli par lettres patentes du trente mai mil sept cent trente six, nonobstant
laquelle réunion cette Baronie se trouve actuellement considé-
rablement augmentée en revenûs par les différentes acquisitions
faites par le pere de l'Exposant notament par celle de la terre et
Seigneurie patrimoniale de Champigneul, en haute, moyenne et
basse Justices, à la proximité et réunie à ladite Baronie de Rio-
coùr, par lettres patentes du vingt trois novembre mil sept cent
trente six, et par conséquent elle peut aujourd'hui porter vne
qualiffication supérieure, telle que celle de Comté que l'Exposant ose d'autant plus se flatter d'obtenir de nos grâces, qu'il a
vers lui les dégrés de gentillesse plus que suffisans pour être
décoré de l'une et l'autre qualiffication de Gentilhomme et de
Comte, puisque plusieurs de ses ancêtres ont été qualiffiés du
titre de Chevalier. Quoiqu'il ne puisse exactement rapporter les
preuves de sa filiation au-dela de mil quatre cent cinquante

vn, de Pierre Du Bois, attendu le dépérissement des titres tant
par l'écoulement des siécles, que par l'incendie des titres et papiers lors du Siége de Lamothe, dans laquelle place étoit alors
renfermé Antoine Du Bois son trisayeul qui eut beaucoup de
part à tout ce qui se fit pour la deffense de cette place, il ne
peut cependant rester aucun doute de l'ancienneté de sa famille,
attendu qu'on voit que dés les années douze cent quatorze,
douze cent quarante deux, douze cent soixante onze, douze cent
soixante douze, treize cent quatre, treize cent seize, les Du Bois
qui vivoient alors dans les Pays de Normandie, Prévoté de Paris,
Orléanois, Champagne et autres, ont été convoqués aux bans et
arriere-bans desdittes Provinces, au nombre des Nobles et Chevaliers du Pays, outre que les autres branches des Du Bois établies en Bourgogne, descendans dudit Pierre Du Bois, y ont
toujours joüis et jouissent encore de la séance aux Etats, entre
les anciens Nobles, et que tous les autres ancêtres de l'Exposant
connûs ont contractés des alliances nobles et ont été revêtus de
charges et commissions importantes, telles que celle du pere
de l'Exposant qui fut nommé par le Duc François l'un de ses
Commissaires, pour nous remettre et à notre frere et gendre le
Roi trés-chrétien, en exécution du traité de Vienne, les Etats de
Lorraine et Barrois, en considération de laquelle nous l'avions
pourvû de la qualité de notre Conseiller d'Etat et de premier
Président en notre^{de} Chambre des Comptes de Lorraine,
que nous avons sur sa démission accordé à l'Exposant en
l'année mil sept cent cinquante six et dont il est encore
revêtu aujourd'hui ; Que par les motifs ci-dessus exposés,
et qui sont plus amplement détaillés par le vû des titres autentiques rapportés dans l'arrêt rendu sur icelles en notre Conseil
d'etat, à la faveur desquelles l'Exposant nous a très humblement supplié de le reconnoitre et déclarer Gentilhomme,
et de lui accorder tous les droits, honneurs, prérogatives et
privileges dont jouissent les anciens Gentilshommes de race
dans nos Etats et de le décorer lui et sa postérité née et à
naitre en légitime mariage du titre et qualité de Comte et de
celle de Chevalier, avec tous les droits et attributs qui y sont
attachés, et d'ériger la Baronie de Damblain et dépendances,
y compris la terre et Seigneurie en haute moyenne et basse
Justices de Champigneul, en Comté, sous le nom de Riocour,
dont le Chef Lieu sera le bourg de Damblain, et d'ordonner
que led. Comté jouira de tous les droits et priviléges dont
jouissent les autres Comtés de nos Etats, avec permission de
porter pour armes celles dont le Suppliant et sa famille ont
vsés jusqu'à présent, avec les distinctions qui de droit sont
attribuées à pareilles décorations et à cet effet de lui faire
expédier nos lettres à ce nécessaires. A quoi inclinant favorablement après avoir renvoié la requéte à nous présentée à cet

effet avec les pièces autentiques justifficatives et généalogiques produites par l'Exposant, à notre cher et féal Conseiller d'etat et Procureur général en notre Chambre des Comptes de Lorraine, le S. Thibault, vû sur le tout son avis et pris celui de notre Conseil, ensuite de la vérification des preuves détaillées par l'arrêt y rendu le douze du présent mois, et voulant au surplus donner à l'Exposant des marques de la satisfaction que nous avons des services qu'il nous a rendu et continue de nous rendre dans les fonctions de ces emplois. A ces causes et autres bonnes et justes considérations à ce nous mouvans, de notre certaine science, pleine puissance et autorité royale, nous avons reconnu et reconnoissons ledit Antoine-François Dubois de Riocour, être issù en ligne directe et légitime mariage de Pierre Du Bois et de Jehannette Laviron sa femme, ledit Dubois qualiffié d'Ecuyer dès l'an mil quatre cent cinquante vn, duquel et de ladite Laviron est né Etienne Du Bois qui de son mariage avec Isabeau de Nerieu eut Guillaume Du Bois marié à Odette Hennequin lesquels furent pere et mere de Charles Du Bois qui de son mariage avec Marguerite de Boury eut Nicolas Du Bois lequel épousa Catherine Daudenet et eurent pour fils Antoine Du Bois marié à Nicole Colin, desquels nacquit Nicolas Du Bois qualiffié de Riocour à cause d'Anne de Lestre sa femme, lesquels eurent pour fils Antoine Du Bois de Riocour marié à Anne Turmeau des Monteaux, desquels le fils Nicolas-Joseph Du Bois de Riocour Baron de Damblain épousa Anne d'Hoffelize et desquels est né ledit Antoine-François Du Bois Baron de Riocour, lequel nous avons honnoré, déclaré et décoré, honnorons, déclarons et décorons par ces présentes du titre et qualité de Gentilhomme, pour jouir par lui, ses Enfans nés et à naitre en légitime mariage et leur postérité de tous les droits, honneurs, rangs, prérogatives et priviléges dont jouissent, peuvent et doivent jouir de droit les autres Gentilshommes de race, reconnûs dans nos Etats, et lui avons permis et à ses descendans de continuer à se dire et qualiffier Chevalier tant en jugement que dehors, et de notre plus ample grace même pleine puissance et autorité royale, nous avons, pour plus grande illustration audit Antoine-François Du Bois de Riocour et à sa postérité, créé, érigé, décoré, qualiffié et illustré, comme par cesdittes présentes, créons, érigeons, décorons, qualiffions et illustrons, en titre et dignité de Comté, les terres et Seigneuries de Damblain et Champigneul, avec les dépendances d'icelles, sous le nom de Comté de Riocour dont le Bourg de Damblain sera le Chef Lieu, auquel nous avons attribué et attribuons les armes dud. sieur Du Bois de Riocour, avec les ornemens propres, visités et attribués aux Gentilshommes et Comtes que nous lui permettons de faire peindre, figurer et blazonner au bas des présentes, avant leur entérinement, auquel Comté nous avons attribué et attribuons, tous les honneurs, prérogatives, priviléges et juridiction qui de droit appartiennent aux Terres de cette nature et qualité, pour par ledit sieur Antoine-François Du Bois de Riocour, ses Enfans nés et à naitre en légitime mariage possesseurs dudit Comté, en jouir et se qualiffier tel tant en jugement que dehors, assemblée d'Etat, de noblesse, soit en fait de guerre ou autrement ; ainsi et de même que jouissent, peuvent et doivent jouir de droit les autres possesseurs de terres créées et décorées du titre de Comté, à charge de nous en faire, à chaque mutation, et à nos successeurs, les reprises, foy et hommages, d'en fournir lettres reversalles ou adveux et dénombrement, suivant et conformément à la coutume qui régit les Lieux, sauf notre droit et celui d'autrui. Si donnons en mandement à nos amés et féaux les Présidens, Conseillers et Gens tenant Notre Cour Souveraine de Lorraine et Barrois, Présidens, Conseillers, Maitres-Auditeurs et Gens tenant nos Chambres des Comptes de nos Duchez de Lorraine et de Bar et à tous autres nos officiers, justiciers, hommes et sujets qu'il appartiendra, que de tout le contenu ez présentes lettres Déclaratoires de gentillesse et d'érection en Comté et de tout l'effet d'Icelles, ils et chacun d'eux en droit soi, fassent, souffrent et laissent ledit sieur Antoine-François Du Bois de Riocour, ses Enfans nés et à naitre en légitimes mariages, leur postérité, héritiers et ayans cause, jouir et vser pleinement, paisiblement et perpétuellement, cessans et faisans cesser tous troubles et empéchemens contraires. Car ainsi nous plait. En foi de quoi nous avons aux présentes signées de notre main et contresignées par l'un de nos Conseillers Secrétaires d'Etat, commandemens et finances, fait mettre et appendre notre grand scel. Donné en notre ville de Lunéville le vingt quatre janvier mil sept cent soixante trois. Signé Stanislas Roy et plus bas pour Déclaration de Gentillesse et érection de Terres en Comté de Riocour, pour le sieur Antoine-François Du Bois de Riocour. Par le Roy contresigné Renault d'Vbexi, régistrata. Signé Guire. Le Soussigné Secrétaire Greffier en chef des Conseils du Roi, certifie que les patentes des autres parts ont été scellées à l'audiance des sceaux tenuë pardevant Mgr le Chancelier à Lunéville cejourd'hui vingt quatre janvier mil sept cent soixante trois. Signé Durival, et scellées du grand sceau de Sa Majesté.

Suit la teneur de l'arrêt du Conseil.

EXTRAIT

DES REGISTRES DU CONSEIL D'ÉTAT

Du douze janvier mil sept cent soixante trois.

Sur la requête présentée au Roi en son Conseil d'état par le sieur Antoine-François Baron Du Bois de Riocour Conseiller d'état, premier Président de la Chambre des Comptes de Lorraine. Contenant que la Baronie de Damblain lui appartient dont le Chef Lieu est le Bourg de ce nom dans le Bassigny, Bailliage de Bourmont; que cette Baronie fut érigée en mil sept cent vingt, par le Duc Léopold en faveur d'Antoine Du Bois de Riocour son ayeul Conseiller d'état maitre des Requêtes, l'on y avoit vni différens villages du domaine, en récompense des services que lui et ses ancêtres avoient rendus aux Ducs de Lorraine dans les principaux Emplois de l'Etat, tant dans l'Epée que dans la Robe, depuis plus de deux siécles, ces parties de Domaine ont depuis été réunies à la Couronne : mais Nicolas-Joseph Du Bois de Riocour fils d'Antoine et pere du Suppliant augmenta cette Baronie par la réunion des dixmes qui appartenaient à vn particulier de Bourmont qui en païoit vn cens au Seigneur du Lieu, il l'a encore augmenté par l'acquisition de plusieurs héritages et surtout par celle de la Terre et Seigneurie, haute, moyenne, et basse Justices patrimoniale de Champigneul qui est dans la proximité et qui auroit été vnie à laditte Baronie de Damblain par lettres patentes du vingt huit Novembre mil sept cent trente six, en sorte qu'étant aujourd'hui beaucoup plus considérable qu'en mil sept cent vingt il souhaiteroit qu'elle fut érigée en Comté. Le Suppliant attaché au service de Sa Majesté, ayant l'honneur d'être premier Président en sa Chambre des Comptes de Lorraine, désireroit également qu'il lui plut le décorer et sa postérité du titre et qualité de Comte au lieu de celle de Baron dont sa famille fut illustrée en mil sept cent trente six et de lui attribuer et à ses descendans tous les droits et privileges dont jouissent et doivent jouir tous les Gentilshommes et Chevaliers illustrés de pareils titres, et que le nouveau Comté à ériger le fut sous le nom de Rio-

cour qui est devenu celui de sa famille, son pere n'ayant
vendu cette Terre qu'à condition de s'en réserver le nom
pour lui et pour les siens. Que le Suppliant tient desjà des
bontés de Sa Majesté son Etat de premier Président en sa
Chambre des Comptes, où il avoit précédemment remply
celui d'Avocat général; Elle avoit également élevé à la charge
de premier Président Nicolas-Joseph Du Bois de Riocour son
pere, lequel avoit auparavant rendu ses services aux Ducs
Léopold et François près de leurs personnes et dans leurs
Conseils, c'est lui qui muni des pleins pouvoirs de ce dernier a été honnoré de la Commission importante de remettre
à Sa Majesté les Duchez de Lorraine et de Bar; le Suppliant
ne se sent pas moins de zele pour le service de Sa Majesté
qu'en eurent ses prédécesseurs pour celui de leurs Souverains et d'ailleurs il justifie suffisamment l'ancienne noblesse
de son origine et les charges honorables de ses ancêtres,
étant fils dudit Nicolas-Joseph Baron de Riocour, Chevalier,
Conseiller d'etat premier Président en la Chambre des
Comptes de Lorraine et de Dame Anne de Hoffelise fille de
Claude de Hoffelize, Chevalier, premier Président en la Cour
Souveraine et de Dame Marie Cueüillet, comme il en conste
par son extrait de baptême et par le contrat de mariage desdits Nicolas-Joseph Du Bois de Riocour et d'Anne de Hoffelise que le Suppliant représente, ainsi que les titres des
différentes charges et Commissions dont a été honoré le
même Nicolas-Joseph. Que ledit Nicolas-Joseph pere du Suppliant étoit fils d'Antoine Du Bois de Riocour Baron de Damblain, Chevalier, Conseiller d'etat et Doïen des Maitres des
requêtes du Duc Léopold et de Dame Anne Turmeau des
Monteaux, laquelle étoit fille de Noble Isaac Turmeau, Ecuyer,
Seigneur des Montcaux, comme il en conste par le contrat
de mariage dudit Antoine Du Bois joint avec les patentes
et brevet des différens emplois qu'il a exercé et dont il a
été gratiffié par les Ducs Charles V. et Léopold I. ensemble
l'enrégistrement des armoiries dudit Antoine dans l'Armorial
général de France en seize cent quatre vingt dix sept, dont
l'acte autentique rappelle vne partie de la généalogie et des
alliances illustres de ses ancêtres, dont il écarteloit ses armes
telles qu'elles y sont peintes et expliquées. Qu'Antoine Du
Bois de Riocour Baron de Damblain etoit fils de Nicolas Du
Bois Seigneur de Riocour sur marne, de la Rochette, Provenchères et autres Lieux, Chevalier, Conseiller d'etat et
Ambassadeur en Cour d'Espagne, il avoit épousé en pre-
mières nopces Anne d'Haccourt, fille de François d'Haccourt, Procureur général de Lorraine dont il n'est point
resté d'Enfans; ledit Nicolas epousa en secondes nopces
Dame Anne de Lestre de l'une des plus nobles familles

de Champagne et dont il eut ledit Antoine, laditte Anne de Lestre etoit fille de Hugues de Lestre, Ecuyer, Seigneur de Riocour, Lieutenant général pour le Roi en la Ville et Gouvernement de Langres et de Dame Roze de Provenchères, ainsi qu'il en conste tant par l'acte d'enrégistrement des armoiries dudit Antoine ci-devant rapporté, que par le jugement souverain en faveur de la Maison de Lestre Riocour, rendu par le Sieur de Caumartin, Commissaire députe à la reconnoissance des nobles de Champagne du treize juillet mil six cent soixante sept ; ledit Nicolas Du Bois remplit successivement différens postes aux services des Ducs Charles IV. Nicolas-François et Charles V. dans sa Cour et son Conseil d'etat, fut intendant de ses armées et Ambassadeur en la Cour d'Espagne pour différentes négociations et en particulier il fut chargé avec le Marquis du Chastelet de celle de la liberté de ce Prince détenu au Château de Tolede ; les patentes et brevets de ces différents emplois et commissions sont jointes et rappellent sa filiation ; l'on y a joint diverses lettres missives de ses Souverains, par lesquelles ils lui témoignent la satisfaction qu'ils avoient de son zele et de ses services ; les mémoires et négociations dudit Nicolas, en Cour d'Espagne, sont imprimés, l'on joint un exemplaire de deux Editions qui en ont été faites l'une à Layden en mil six cent soixante six, l'autre à Cologne en mil six cent quatre vingt huit ; l'Epitre dédicatoire de la première Edition rappelle une partie des Illustrations des ancêtres dudit Nicolas. Que ce Nicolas Du Bois de Riocour, appellé communement l'Intendant étoit fils d'Antoine Du Bois Seigneur de Damblain. Lieutenant général du Bassigny et Conseiller d'état des Ducs Henry II et Charles IV, et de Dame Nicole Colin d'Aingeville fille de noble Mames Colin Seigneur d'Aingeville, Conseiller d'Etat et Lieutenant général du Bassigny, comme il en conste tant par les piéces ci-dessus citées que par les patentes et brevets des différents états et commissions dont fut chargé ledit Antoine, ensemble par son contrat de mariage avec ladite Damoiselle Nicole d'Aingeville dans lequel ils sont l'un et l'autre qualiffiés de Nobles et d'Ecuyer, en datte du vingt six octobre mil cinq cent quatre vingt seize, lequel Antoine fut emploïé par le Duc de Lorraine aux conférences tenuës pour raison des terres de sursçéance prétendues de la Souveraineté de Lorraine de celles de France et de celle du Comté de Bourgogne. Antoine Du Bois s'enferma dans la ville de Lamothe dont il étoit Lieutenant général, pendant le siége de mil six cent trente quatre et eut beaucoup de part à tout ce qui se fit pour la deffense de la place, cela se trouve détaillé dans l'histoire de Lorraine de Dom Calmet. Comme sa famille n'étoit pas originaire de Lorraine, le Duc Henry lui donna en mil six cent vingt deux des lettres de naturalité et de reconnaissance de sa Noblesse ancienne, ainsi que cela conste par l'extrait produit tiré du trésor des chartres, et en mil six cent seize ce Prince l'avoit desja choisi pour vn de ses Conseillers d'état, suivant que cela est justiffié par la patente produite. En mil six cent dix-neuf, il avoit soutenu vne thèse solennelle en l'vniversité d'Orléans qui lui fut dédiée, en ces termes, *Viro perquam nobili Domino Antonio Dubois serenissimæ Celsitudinis Lotharingiæ a Consiliis,* ce qui prouve que dès ce temps là il étoit Conseiller d'Etat des Ducs de Lorraine. Que ledit Antoine Du Bois Lieutenant général de Lamothe et du Bassigny et Conseiller d'état du Duc Henry étoit fils de Nicolas Du Bois Seigneur d'Hueillecourt et de Catherine Daudenet Damoiselle fille du S. Jean Daudenet, comme il en conste tant par le Testament de Marguerite de Boury sa mere du 15 avril mil cinq cent soixante dix-huit que par l'acte de notoriété du Lieutenant général du Bassigny du trois^e octobre mil six cent soixante huit au sujet de l'incendie des titres et papiers des archives de Lamothe pendant le Siége, l'un et l'autre sont joints. Que ledit Nicolas Du Bois Seigneur d'Hueillecourt étoit fils de Charles Du Bois Ecuyer, Lieutenant d'vne Compagnie des ordonnances du Roi décédé en garnison à Bar et de Marguerite de Boury Damoiselle, ainsy qu'il en conste par le Testament susdit de laditte Marguerite de Boury faisant mention de ses Enfans au nombre desquels elle rappelle ledit Nicolas Du Bois, Catherine Daudenet son Epouse et Antoine leur fils ainsi que son mari et le pere de sondit mari ; Que ledit Charles Du Bois étoit fils de Guillaume Du Bois, Ecuyer, Capitaine d'vne Compagnie de cent hommes d'armes, tué à la bataille de Renty, et de Dame Odette Hennequin d'vne ancienne famille noble, comme il en conste par ledit testament de mil cinq cens soixante dix huit ci devant cité ; ledit Guillaume Du Bois dit communement le Capitaine Du Bois étoit fils d'Etienne Du Bois Ecuyer dit de Bescot décédé en Auvergne et de Damoiselle Isabeau de Nerieu comme il en conste par les articles de mariage du quinze may mil cinq cent vingt sept, d'entre ledit Guillaume Du Bois, Chevalier et ladite Damoiselle Odette Hennequin fille de Tristan Hennequin aussi Chevalier passé sous leur sceau et par la transaction du trois^e mars mil cinq cent vingt passée de l'avis de plusieurs nobles du Pays, parents et amis des parties entre ledit Guillaume Du Bois et Jacques Du Bois son oncle qui avoit été son tuteur et cohéritiers dudit Etienne son pere ez successions de Pierre Du Bois et de Jehannette de Laviron sa femme pere et mere desdits Jacques et Etienne et ayeul dudit Guillaume ; Que ledit Etienne Du Bois de Bescot étoit fils dudit Pierre Du Bois Ecuyer et de laditte Demoiselle Jehannette de Laviron prouvé par la transaction autentique ci dessus et par vn arrêt du Parlement de Dôle du vingt mai mil quatre cent cin-

quante vn, dans lequel ledit Pierre est qualiffié d'Ecuyer et où il
comparoit à cause de ses Enfans et de feue ladite Damoiseille
Jehannette de Laviron, que l'on voit par le même arrêt avoir été
aussi d'vne des plus·Nobles familles de Bourgogne, suivant la
grosse dudit arrêt ; que cet arrêt prouve que Pierre Du Bois et
Jehannette de Laviron eurent plusieurs Enfans, des différentes
branches qui en sortent, quelques vnes se trouvent établies en
Bourgogne, d'autres en Champagne, mais elles jouissent toutes
de leur état et ont rang et séance parmi les nobles du Pays. On
voit aussi que dés les années douze cent quatorze, douze cent
quarante deux, douze cent soixante onze, douze cent soixante
douze, treize cent quatre et treize cent seize, etc. Les Du Bois
qui vivoient alors dans les Pays de Normandie, Prévoté de Paris,
Orléanois, Champagne etc. ont été convoqués aux bans et ar-
riere bans desdittes provinces, au nombre des Nobles et Chevaliers du Pays, ainsi qu'il est rapporté dans lesdits actes de
convocation insérés à la fin du traité de la noblesse de La
Roque, depuis la page cinquante desdits rolles jusqu'à la cent
trentième : mais le Suppliant n'a pû parvenir à produire des
pièces certaines sur cette partie, ni fournir des preuves de tems
plus reculés, tant parceque les titres de la branche éta-
blie dans la Province ont été perdùs pendant le siége de Lamothe, que parceque ces mêmes titres sont passés à ceux éta-
blis dans les autres provinces qui les ont conservés comme
ainés : mais tout concourt à faire présumer que le Suppliant
descend de ces généreux et illustres francs qui firent la con-
quête des Gaules sur les Romains, fonderent la Monarchie et qui
sont la source la plus pure de la véritable noblesse française. A
ces causes, le Suppliant auroit conclud à ce qu'il plut à Sa Majesté le reconnaître et déclarer Gentilhomme, ordonner qu'il
jouira de tous les droits, honneurs, rangs, prérogatives et privileges dont jouissent les anciens Gentilshommes de race, le décorer lui et sa postérité née et à naitre des titres et qualités de
Comte et le maintenir dans celle de Chevalier, ordonner qu'ils
jouiront pareillement de tous droits, honneurs, rangs, prérogatives dont jouissent tous Gentilshommes titrés desdittes dignités
et qualités tant en jugement que dehors, ériger la Baronie de
Damblain et dépendances, y compris la terre et Seigneurie
haute, moyenne et basse Justices de Champigneul, en Comté,
sous le nom de Comté de Riocour, dont le Chef-Lieu sera le
Bourg de Damblain, ordonner que ledit Comté de Riocour jouira
des droits et privileges dont jouissent les autres Comtés des
Etats de Sa Majesté et portera pour armes celles du Suppliant,
avec telle marque et distinction que Sa Majesté jugera à propos,
vù laditte requête, les pièces y jointes et énoncées, la généalogie
de la famille des Du Bois, ensemble l'avis donné par le Procureur général de la Chambre des Comptes de Lorraine, auquel

le tout a été renvoïé par décret du quatorze décembre dernier :
ouy le rapport du Sieur de Serre Conseiller d'état ordinaire et
au Conseil Roïal des finances, Commissaire à ce député et tout
considéré.

Le Roi en son Conseil en conséquence de la vériffication des
preuves énoncées en ladite requête, a reconnu et déclaré, reconnoit et déclare ledit Antoine-François Du Bois de Riocour
être issu en ligne directe et légitime mariage de Pierre Du Bois
et Jeannette Laviron sa femme, ledit Du Bois qualiffié Ecuyer
dès l'an mil quatre cens cinquante vn, duquel et de laditte Laviron est né Étienne Du Bois qui de son mariage avec Isabeau
de Nerieu eut Guillaume Du Bois marié à Odette Hennequin,
lesquels furent pere et mere de Charles Du Bois qui de son
mariage avec Marguerite de Boury eut Nicolas Du Bois, lequel
épousa Catherine Daudenet et eurent pour fils Antoine Du Bois
marié à Nicole Colin desquels naquit Nicolas Du Bois Seigneur
de Riocour à cause d'Anne de Lestre sa femme, lesquels eurent
pour fils Antoine Du Bois de Riocour marié à Anne Turmeau des
Monteaux desquels le fils Nicolas-Joseph Du Bois de Riocour
Baron de Damblain épousa Anne d'Hoffelize et desquels est né
Antoine-François Suppliant lequel Sa Majesté a reconnu et déclaré, reconnoit et déclare Gentilhomme, ordonne en conséquence que ledit Antoine-François Du Bois de Riocour, ses descendans et leur postérité née et à naitre en légitimes mariages,
jouiront des droits, honneurs, rangs, prérogatives et priviléges dont jouissent, doivent ou peuvent jouir les Gentilshommes de races, reconnûs dans les Etats de Sa Majesté, lui a permis et permet et à sa postérité née et à naitre, de continuer à se
dire et qualiffier Chevalier tant en jugement que dehors, et pour
plus grande illustration a créé, érigé, décoré et qualiffié du titre
de Comté lesdittes terres et Seigneuries de Damblain et Champigneul et dépendances d'Icelles, sous le nom de Comté de Riocour, dont le Bourg de Damblain sera le Chef Lieu, ordonne
que ledit Comté portera pour armes celles du Suppliant avec
les ornemens propres et usités aux Comtés, que le Suppliant,
ses descendans et héritiers possesseurs dudit Comté, jouiront
de tous les droits, honneurs, prérogatives, insignes et marques
de distinction dont jouissent peuvent et doivent jouir les possesseurs des terres de dignité décorées du titre de Comté et qu'ils
seront reconnûs et qualiffiés tels tant en jugement que dehors ;
et seront sur le présent arrêt toutes lettres nécessaires expédiées.
Fait audit Conseil tenû à Lunéville le douze janvier mil sept cent
soixante trois. Signé Guire.

Collationné par le Greffier de la Chambre des Comptes de
Lorraine, soussigné, à Nancy ce vingt six février mil sept cent
quatre vingt quatre.

BUREAU.

Certifié conforme à l'original déposé aux Archives de la Préfecture de la Meurthe (Registres des entérinements de la Chambre des Comptes).

Nancy, le 24 novembre 1846.

Le Conseiller de Préfecture, Secrétaire-Général,

Le Chev. DE SUSLEAU DE MALROY.

NANCY,—Imp. de Vagner, rue du Manége, 3.